TAGUCHI MAO
FUSEN

田口茉於句集

付箋

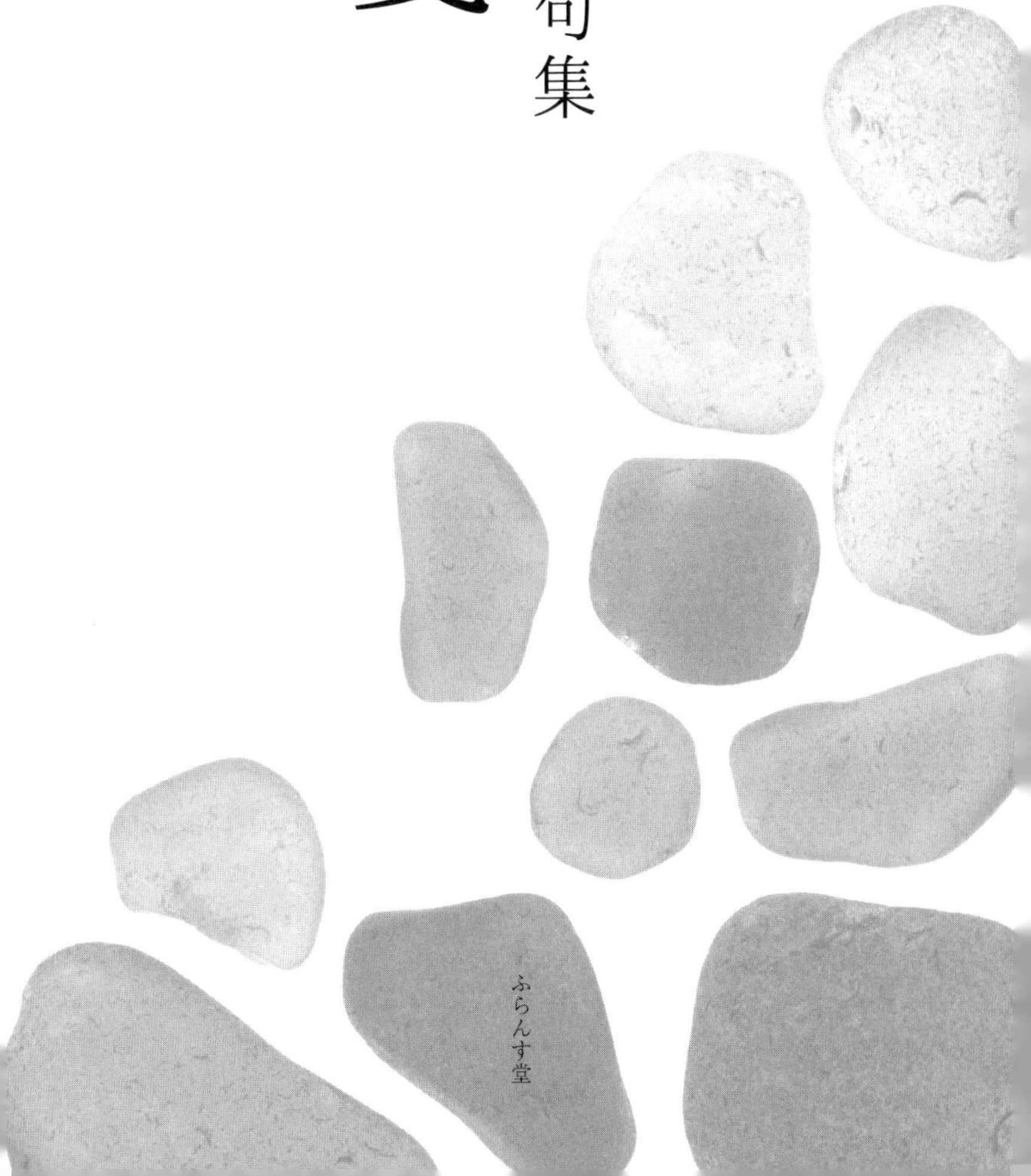

ふらんす堂

目次

句集

付箋

天使魚

指揮者まづオーボエ鳴らし春の宵

バレンタインデー静かに終る日曜日

スプーンに映りて消ゆる春の猫

囀りや一人は鳥に詳しくて

蛇穴を出づメディチ家の黒箪笥

フィレンツェのヴィーナス春の夜の続き

自販機に顔照らさるる春の闇

花の昼傘の溢るるごと売られ
桜蘂ぽろぽろ雨の降り始む

養花天繋がれてゐる象の足

橋の下より花筏現るる

固まりて帰る新入社員かな

鳥雲に入る逆さまに傘干され

春や行く着信音は水の音

春の果眠し眠しと歩きをり

ペリカンの震へては鳴く南風

南風母はいくつも鍵を持ち

バード・ウィークテニスしてゐる宣教師

地下街に天使魚ひそと泳ぎけり

坂道を巡査下りくる夏燕

弟の早寝早起き花あふち

ふるさとの若葉のなかへ歩み入る

睡蓮の開くまでには伝へたし

昼寝する男の耳に触れてみる
忘れ物きちんと置かれ夏館

水遊び子らの歓声あるところ

焼き菓子の匂ひの満ちて夕立あと

線香花火ちりちりとして黙る

父と居て本読む少女秋に入る

蝶膝を離れず八月十五日

秋の蚊に人の分まで刺されゐる

新涼や復活の日のフレスコ画

すれ違ふ人みな台風のはなし

朝顔や疲れて眠る人愛す

水蜜桃美しく眉ひそめたる

丸ビルの地下に秋果のジャム選ぶ

テーブルの下十月の神田川

円陣の崩れて花野輝けり

秋の蝶遠くの人の振り返る

黒人霊歌遠くなるとき鳥渡る

背の高き駅員ばかり文化の日

二の酉に買ふ予約して一の酉

ツリー並ぶまだ聖樹とはいへぬもの

マスクそのままの形に捨てらるる

ジッパーを顎まで上ぐる冬木立

伯爵の庭園にある枯野かな

極月や新聞記者の唇《くち》薄き

悴んでゐる弟に近づきぬ
背もたれに凭れしままの湯冷めかな

客を待つ理髪師雪を見てをりぬ

外套を着しままカフェの女たち

下僕塚並ぶ御廟や寒の入

待春や額美しき子を産みて

雪《ゆき》暗《ぐれ》の屋根神様を見上げをり

川に雪消えゆく西洋料理店

風花や忘るるために投函す

ひとつづつ

雪空を突く蔵町の大欅

春隣涙を溜めし子と出会ふ

春暁の祈りのなかに生まれけり

みどりごの欠伸のひとつづつに蝶

子を産みし体となりぬ春の果

青嵐吹かれて笑ふ赤ん坊

みどりごの開くてのひら麦の秋

また眠るグラジオラスを剪りてきて

泣き止めば汗まみれなる赤ん坊

文人の孫の住む家花ダチュラ

エレベーター降りて地上の残暑かな

子は母のどこかに触れて銀河濃し

教会の裏木戸開く青蜜柑

ゆく秋を見知らぬ街に夫とゐて

祖《おほ》父《ちち》のレディーファースト冬ぬくし

弟の部屋弟の本霜夜

幼子に抱きしめらるる霜夜かな

噎して笑ふ子どもと二人きり

人日の髪結びあふ姉妹

寒林に立ちゐて何も決められず

立ちたくてならぬ幼子日脚伸ぶ

春の雪故郷に似し街に住み

春の雪子のてのひらにもうあらず
紅梅に触れたがる子の誕生日

木の芽時胸に抱く子の足跳ねて

初夏の硝子に気泡生まれけり

万緑や泣いてゐる子の熱きこと

麦秋の朝や異国のお葬式

美しき鼻のかたちとソーダ水

夜濯の外から見ゆる我が家かな

昼寝して母を待ちゐる母の家
子の髪を洗ふ裸の胸に抱き

ほやほやと子の髪伸びる秋隣

初秋の新二つ目の若からず

野分いまはじまる街のしづもりぬ

庭師来てをり秋麗の大使館

竜淵に潜む夕暮子は眠る

父は子を泣かせて戻る赤蜻蛉

豊の秋いま起きし子の腫れ瞼
人形の飾られしまま雁渡る

売り残す菊の真白き夕間暮

物陰で叱らるる子や銀木犀

子の眠り金木犀の匂ふなり

大寺の落日秋の女郎蜘蛛

木の実拾ひて帰り道遠くなる

父恋ふや揺れて明るき芒原

そぞろ寒蟻喰の尾の汚れをり

釣瓶落しを男坂駆け下りる

街騒に疏水流るる神の留守

落葉踏む子のふりかへりふりかへり

雪催暖炉の上の大鏡

誰も背を向け極月の大時計

さりさり

子を立たす眩しき場所や冬の森

大寒の青空銀座四丁目

異邦人住み水仙を溢れさす

雛の客去りて雛の前に吾

吊し雛朱き暗がりだと思ふ

桃の花鏡百年後曇る

啓蟄の子の起きてすぐ遊びだす

夕闇に子を遊ばせて春の果

護送車の止まる緑の濃きところ

麦秋の向うに海がありにけり

オルガンの残響の奥五月憂し

紫陽花の白の奥より湧きし色

背の高き人の二の腕梅雨に入る

梅雨の月子はさりさりと菓子を食み

短夜の短き夢を見ては覚む

裸の子片手に抱かれゆきにけり

捕虫網ごと幼子を抱きあぐ
子どもらに天道虫なら捕つてやる

夕立に濡れて帰りしあとのこと

昼寝して夢の続きの波の音

夏座敷あや取り指の覚えをり

熊蟬の鳴きし真昼間眠りたし

虫籠を持ちて通園してをりぬ

虫籠を持ちて輪に入る女の子

秋澄める朝のしづかな地下鉄の
子と歩く速さに秋の深まりぬ

行く秋を歩く誰にも会はぬまま
黄落の道の終はりのまだ見えず

紅葉散る子の歩くとは跳ねること

紅葉散る泉をひとつ隠すほど

小春日や雷門に母待たせ

頼りなき髪の結はれて七五三

気を付けのできぬ子どもや七五三

小江戸とふ鯛焼きうまきところかな

マフラーの少年バレエ教室に

夕焼のための初雪かと思ふ

子の歌の悲しんでゐる冬木かな

子の覚むるまでの聖樹や夫とゐる

クリスマスキャンドルひとつづつ灯す

数へ日の青空子らを遊ばせる

よその子のぶらんこを押す小晦日

去年今年積木の塔をそのままに

存分に泣かせておかむ春の暮

黄昏の空に桜の溶けてゐる

躑躅吸ひながら遅れてきたる子よ
春の海波の一枚づつ引きて

石鹼玉玉ゆがみては戻りては

薔薇濡れてをりぬ明日は晴れさうな

六月の東京晴れてゐて昏し

腐草蛍となりて渋谷の暗渠かな

しりとりのきりんで終はる夏の雲

泳ぎきて肌のつめたき子どもかな

夏の明星安南は水昏し
揚羽蝶蜜吸ふときを震へつつ

夏の海夜の奥より風生まれ

夜の蟬と淋しいと言ひ泣きし子と

盂蘭盆の風に消えたる灯かな

鰡跳ねてここに育ちし子どもたち

栗笑みてをり稲荷山古戦場

黄落の光のなかの別れかな

大楠の眠りて山の眠りけり

冬の朝子は振り返るかもしれず

三の酉手締めの声のする方へ

日短か眼鏡をかけて過ごす日の

夜の観覧車

節分や幼馴染の鬼二人

冴え返る鳩の後ろを歩くとき

啓蟄の部屋の四隅のひんやりと
サイネリア咲かせいつでも留守の家

結末のどうでもよくて花粉症
ぶらんこを大きく漕ぎてもう会はず

子の好きな子のゐて春の嵐かな

あたたかや指の形を見てをれば

さくらさくら子は新しき顔をして
母の日の案外さっぱりした手紙

初夏の鹿に見らるるわたしたち
立てば背の高き教師や麦は黄に

六月の電車の眠くなるひかり
神保町までの路線図南風

ひとり子のひとりで眠る野分中

秋の川越えて日暮里繊維街

鳴子鳴る音の聞こえてきたやうな
秋の日と思ふトンネル抜けるたび

どの色も淡き漁港や冬に入る

制服のまま立冬の港まで

少年の部屋の落葉の匂ひかな

梟の森の隣に育ちけり

蒲団めくれば丸まつて泣いてをり

冬の灯の影濃きコントラバス奏者

クリスマスリース乾きし色ばかり

ストーブの前退屈な姉弟

付箋にも星の輝くクリスマス

髪の香を嗅ぎにくる子や雪催

風光る夫のパスワードを知らず

鶯餅谷保駅降りてすぐ右の

たんぽぽのかたまりて咲く滑り台

たんぽぽを踏まぬやう母と離れぬやう

鷹鳩と化して南を向いてゐる

本丸に集まりてゆく春の雲

陽炎や石を拾ふといふ遊び

夏めくや六時間目の終はるころ

新緑や子は歌ひつつ帰りくる

弓なりの道を紫陽花咲きつづく

夏服を選び明日を待つ子かな

ここはもう海の匂ひのソーダ水

夏期講座双子のひとりしか知らず

噴水のまはり等しき距離にひと

少しづつ麦茶飲みをり余所の家

転生ののち鳳梨《あななす》の黄を選ぶ

遠雷や地下に四人の薬剤師

白靴を見てをり夜の観覧車

星祭ひとの願ひを見て歩く

どの窓も寝息正しき星祭

濃き影を持ちてひぐらし鳴きはじむ

しんと夜長饅頭は鞄の底

秋雨の傘の滴のいつまでも
箪笥閉むるたびに毛皮のひつかかり

暫くは振り返りゆく火事の跡

本読んでやる絨毯に寝そべりて

違ふかたち

アネモネを摘みくれし子と夢に逢ふ
捨印を丁寧に押す春休

独活茹でて菜箸をきれいに使ふ

少年は手を振つたはず蝶の昼

ネーブルを剝く指先に小さき傷

夏めくや眠りて起きて同じ家

初夏の傘濡れてゐる少女たち

はつなつの大きな窓に白き猫

連休を芍薬ひらく母の家

信号の明滅のなか緑の夜

バレエスクール紫陽花のまだ揺れてゐる

麦の秋風たくさんの背の見ゆる席

清流にはんざき指をひらくなり

引っ越してしまふ子と行く蛍狩

水音や殻やはらかなかたつむり

ボールペンくるりと夏至の占ひ師

日盛りのマクドナルドに鳩溢れ

ネクタイの男過ぎゆく夏の森

夏座敷並びて眠ることたのし

嬉野や障子に夏の灯の透けて

籐椅子や教授の家のキウイの樹

息継ぎのたびあたらしき雲の峰

泣きながら素麺最後まで食べる

電車の扉開きて夜の蟬の中

立秋の雨に濡れたる人の来る

少年の敬語美し休暇明け

夜半の秋トランプはまた負けておく

初めての道を秋暑の影を持ち

西瓜切り分ける大人になつてゐる

芒野といふほどでなきひとところ

列の子のひとり振り向く枯野かな

窓辺に置かれサンタクロースへの手紙

大年の闇の明るし湯にありて

寒星や乾いたチョコレートをひらく

稜線にしまはれてゆく御元日

冬蝶の消ゆる返却口昏き

存外に柔らかさうな鴨の嘴

千の靴行き交ふ春の夕焼に

一口を残す珈琲春の雨

空ばかり見てゐる磯巾着ひらく

足の裏見てやる姉や田螺取り

襟足のきつと新入社員なり

鳥雲に入るや電線多き街

日の当たるところ菜の花匂ひけり

狐の牡丹森へと続く畦道の

歯ブラシを咥へ子の髪結ふ立夏

鳩歩くたびの虹色夏来る

捩花の捩れし先のまだ咲かず

水底に朝の日のある植田かな

雑草のなかの紫陽花微炭酸

胡瓜揉み母の機嫌の移ろひぬ

夏至の夜のオルガン深き呼吸音

こちら見てをり梅雨の眸の白毛馬

蚊遣香馬房より馬引き出され

空缶を潰す男や夏木立

絵日傘や弟の住む城下町

玄関の金魚鉢より動かぬ子

七階の経理部にまた水羊羹

夏蝶の交むとどまるふと消ゆる

ハンカチを違ふ形にたたむひと

夏木立騒めく雨の気配かな

くちなしの匂ひや父と会はぬ日々

あとがき

『付箋』は『はじまりの音』に続く第二句集です。二〇〇七年から二〇二二年春までの作品を編集し、おおよそ経年順にならべました。

　第一句集『はじまりの音』から十六年、この間に娘を産み、それから半年ほど後に私自身の父を失いました。無口だった父の不在の時間は、ただ会えない日々が続いているようでもあり、いつもすぐそばにいてくれるようでもあります。

　また、お互いの俳句について特に話すことはないけれど、母とは今までも、そしてこれからも同志のように俳句を作っていくのだろうと思います。娘とも、いつかそんなふうに俳句を作っていけたら嬉しい。これをこれからのゆるやかな夢にしたいと思っています。

一瞬一瞬が積み重なって今がある。十六年分の句を読み直し、俳句はそんな一瞬に付箋をつける作業のように思い「付箋」を句集名といたしました。

加古宗也主宰からは日頃のご指導に加え、身に余る帯文を、石田郷子様からはあたたかな栞文をいただきました。心より御礼申し上げます。

刊行にあたってはふらんす堂の皆様に大変お世話になりました。いつも句座を共にしてくださる先輩、句友の皆様にも御礼を申し上げます。

最後に、支えてもらってばかりの家族にも、いつもありがとう。

二〇二一年四月

田口茉於

著者略歴

田口茉於（たぐち・まお）

一九七三年　愛知県生まれ。
一九九九年　「若竹」入会、加古宗也に師事。
二〇〇三年　「若竹俳句賞」新人賞。
二〇〇六年　第一句集『はじまりの音』。
二〇二〇年　村上鬼城賞新人賞。
現　在　「若竹」同人、「風のサロン」会員。俳人協会幹事。
現住所　〒二一六―〇〇〇四　神奈川県川崎市宮前区鷺沼四―一四―二
　　　　ドレッセ鷺沼の杜C四〇九　神谷方
Ｍａｉｌ　mao_taguchi@yahoo.co.jp

句集　付箋　ふせん

二〇二二年八月三〇日　初版発行

著　者――田口茉於
発行人――山岡喜美子
発行所――ふらんす堂
〒182-0002 東京都調布市仙川町一―一五―三八―二F
電　話――〇三（三三二六）九〇六一　ＦＡＸ〇三（三三二六）六九一九
ホームページ http://furansudo.com/　E-mail info@furansudo.com
振　替――〇〇一七〇―一―一八四一七三
装　幀――和　兎
印刷所――日本ハイコム㈱
製本所――日本ハイコム㈱
定　価――本体二五〇〇円＋税

ISBN978-4-7814-1490-4 C0092 ¥2500E